이 세상의 모든 뱀파이어와 요정,

인간에게 바칩니다!

겨울 왕국에서 열리는
눈꽃 축제에 가면 뭘 할래?

말하는 진저브레드 맨 쿠키네
과자집에 놀러 가고 싶어.
- 진솔 -

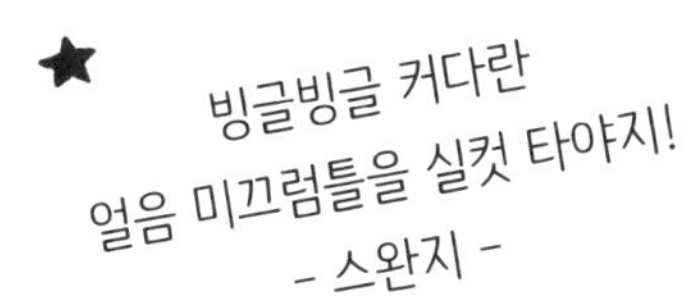
빙글빙글 커다란
얼음 미끄럼틀을 실컷 타야지!
- 스완지 -

고요한 밤하늘에
반짝반짝한 등불을 날려 볼 거야.
- 휘웅 -

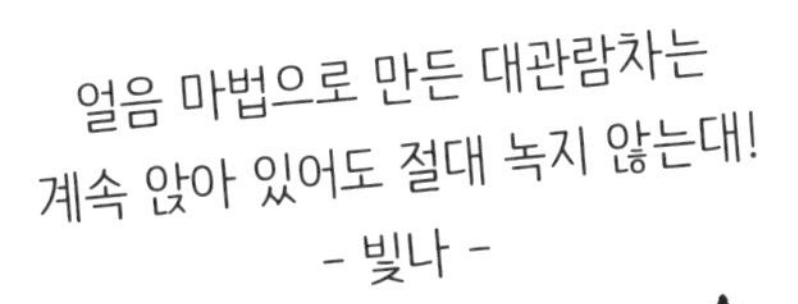
얼음 마법으로 만든 대관람차는
계속 앉아 있어도 절대 녹지 않는대!
- 빛나 -

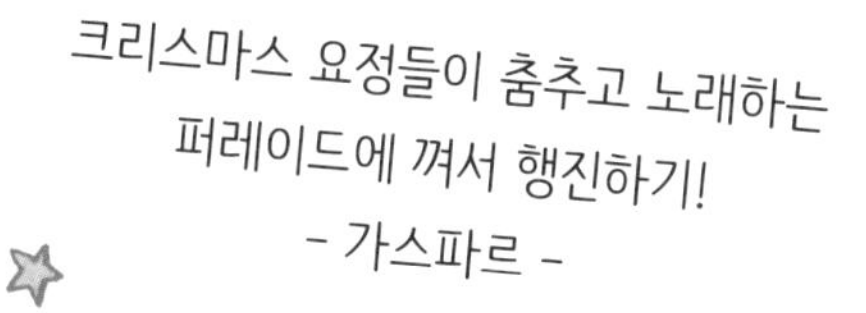
크리스마스 요정들이 춤추고 노래하는
퍼레이드에 껴서 행진하기!
- 가스파르 -

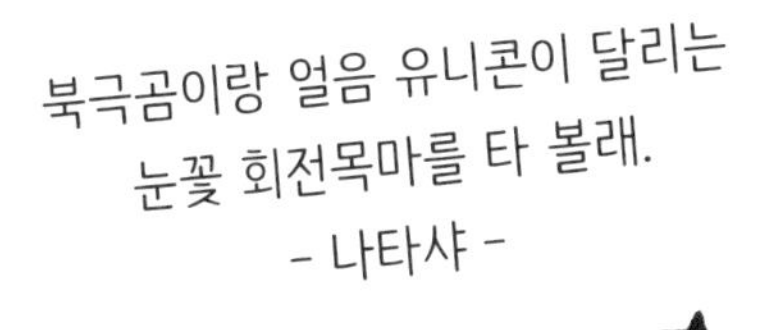
북극곰이랑 얼음 유니콘이 달리는
눈꽃 회전목마를 타 볼래.
- 나타샤 -

이사도라 문, 눈꽃 축제에 반하다

지은이 해리엇 먼캐스터
옮긴이 심연희

1판 1쇄 인쇄 2024년 12월 21일
1판 1쇄 발행 2025년 1월 15일

펴낸이 김영곤
책임편집 우경진
프로젝트2팀 김은영 이은영 권정화 우경진 오지애 김지수 **디자인** urbook
아동마케팅 장철용 양슬기 명인수 손용우 최윤아 송혜수 이주은
영업 변유경 김영남 강경남 황성진 김도연 권채영 전연우 최유성
해외기획 최연순 소은선 홍희정 **제작** 이영민 권경민

펴낸곳 ㈜북이십일 을파소
출판등록 2000년 5월 6일 제406-2003-061호
주소 (10881) 경기도 파주시 회동길 201(문발동)
전화 031-955-2100(대표) **팩스** 031-955-2177

ISBN 979-11-7117-929-9 74840
ISBN 978-89-509-7798-6 (세트)

* 책값은 뒤표지에 있습니다.
* 이 책 내용의 일부 또는 전부를 재사용하려면 반드시 ㈜북이십일의 동의를 얻어야 합니다.
* 잘못 만들어진 책은 구입하신 서점에서 교환해 드립니다.

KC
• 제조사명: ㈜북이십일
• 주소 및 전화번호: 경기도 파주시 회동길 201(문발동) / 031-955-2100
• 제조연월: 2025.1.15
• 제조국명: 대한민국
• 사용연령: 5세 이상 어린이 제품

눈꽃 축제에 반하다

해리엇 먼캐스터 지음 · 심연희 옮김

을파소

우리 가족

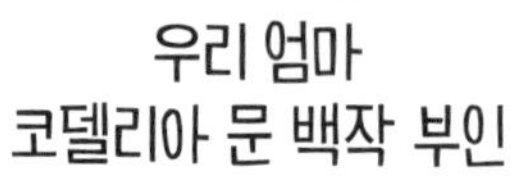

우리 엄마
코델리아 문 백작 부인

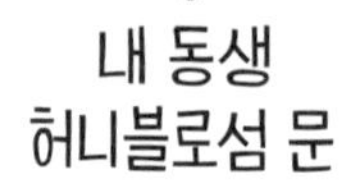

내 동생
허니블로섬 문

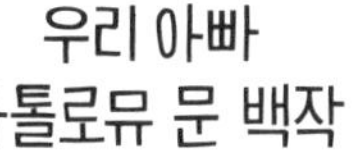

우리 아빠
바톨로뮤 문 백작

나!
이사도라 문

내 친구
분홍 토끼

한국의 이사도라들,
안녕!

우리는 가끔 주변 사람들과 잘 어울리지 못한다는 기분이 들곤 해요. 다른 사람들이 잘하는 걸 나만 못한다는 생각이 들 때도 있지요. 이사도라 문은 요정 아이들처럼 마법을 잘 쓰지 못하고, 뱀파이어 아이들처럼 빨리 날 수 없답니다. 자기와 똑같은 아이는 세상에 한 명도 없는 것 같아 보이지요.

하지만 그렇기 때문에 이 책의 주인공 이사도라 문이 특별한 거랍니다. 이사도라는 그 자체로 독특하고 신비로워요. 여러분도 다 그렇답니다! 다른 사람들이 잘하지만 나는 못하는 게 있고, 다른 사람

들이 못해도 나는 잘하는 게 있지요. 그리고 이 세상 그 누구도 절대로 나만큼 잘하지 못하는 게 하나 있답니다. 그건 바로 나다운 것!

이 책을 읽으면서 남들과 다른 이사도라가 왜 특별한지를 느껴 보세요.

반짝이는 마법과 사랑을 가득 담아,

해리엇 먼캐스터

Harriet Muncaster

1

오늘은 1년 중 가장 밤이 긴 **동짓날**이다. 아침 해가 밝자마자 나는 무척 들뜬 기분으로 침대에서 눈을 떴다.

올 한 해 동안 오늘 밤을 손꼽아 기다렸어!

동짓날 긴긴밤은 요정 나라에서 아주 특별한 시간이다. 밤새도록 겨울 분위기를 만끽할 수 있는 **눈꽃 축제**도 열린다!

겨울 왕국에 사는 **크리스탈 이모**와 **렌 이모부**가 우리 가족을 집으로 초대했다. 눈꽃 축제에도 데려다준다고 한다!

눈꽃 축제에 가면 아이스 링크에서 **스케이트**도 타고, 반짝이는 **등불**도 보고, 따뜻한 **핫 초콜릿**도 마시고, **하얀 눈**이 잔뜩 쌓인 곳에서 온갖 신나고 재미있는 걸 할 수 있대!

나는 침대에서 벌떡 일어나 보들보들한 실내화를 신고 옷을 갈아입었다. 얼른 아래층으로 가고 싶어서 계단으로 내려가는 대신 뱀파이어 날개로 파닥파닥 날았다.

내 뒤로는 **분홍 토끼**가 깡총깡총 뛰며 따라왔다. 분홍 토끼는 원래 내가 가장 좋아하던 인형이었는데, 엄마가 주문을 걸어서 진짜 토끼가 되었다. 우리 엄마는 요정이라서 지팡이로 마법을 부릴 수 있거든!

주방에 다다르자 엄마가 인사했다.

"이사도라. 잘 잤니?"

"그럭저럭이요. 하지만 밤새 속이 간질간질

할 정도로 설렜어요. 진짜 신나요!"

엄마가 나를 보고 웃었다.

"그러니? 이제 곧 겨울 왕국으로 떠날 거라서, 아침 식사를 정성껏 차려 봤단다!"

엄마는 내 앞에 호두를 얹은 오트밀 그릇을 놓았다. 나는 그 위에 뿌릴 메이플 시럽 쪽으로 팔을 뻗었다.

옆에 앉은 내 동생 **허니블로섬**은 자기 그릇에 손가락을 푹 담그더니 머리카락에 오트밀을 치덕거렸다.

"내가 당신 것도 만들었어, 바톨로뮤."

엄마의 말에 아빠가 화들짝 놀랐다.

"내 거? 오트밀이라니! 난 오트밀따위는 입에도 못 대! 뱀파이어다운 음식이 아니잖아. 내가 빨간 음식만 먹는 거 잊었어?"

"알고말고."

엄마는 여유로운 미소를 짓더니, 아빠 앞에 오트밀 그릇을 내밀었다. 자세히 보니 라즈베리를 듬뿍 넣고 끓인 오트밀이었다. 위에도 라즈베리가 잔뜩 뿌려져 있었다.

"오호, 아주 **빨간 오트밀**이잖아. 고마워, 코델리아."

아빠의 말에 엄마는 어깨를 한 번 으쓱하더니 자리에 앉았다. 엄마의 오트밀은 예쁜 꽃잎으로 장식되어 있었다.

"이렇게 쌀쌀한 아침에는 따끈한 음식으로 배를 든든하게 채워야지. 게다가 겨울 왕국은 여기보다 훨씬 추울 테니까."

그러자 아빠는 망토를 꼭 여미며 부르르 떨었다.

"으으! 눈꽃 요정들은 왜 그리…… 사방을 **꽁꽁** 얼리는지! 가장 따뜻하고 두툼한 털 망토를 꼭 챙

겨야겠어. 당신이 여름 요정이라서 정말 다행이야, 코델리아."

"그러게 말이야. 나도 어릴 적에 크리스탈이랑 같은 방을 썼을 때, 좀 춥긴 했어!"

아침 식사를 마친 후, 나는 얼른 방으로 올라가 여행 짐을 쌌다. 옷장을 이리저리 뒤져서 제일 따뜻한 옷들을 몽땅 꺼냈다. 나는 눈꽃 무늬가 돋보이는 포근한 스웨터를 찾았다. 이건 스타스펠 할머니가 나를 위해 뜨개질해 준 거다. 그리고 복슬복슬한 분홍색 귀마개도 함께 꺼냈다.

스웨터를 입고 귀마개를 쓴 다음, 거울에 비친 내 모습을 바라보았다. 이 정도면 지금 당장 겨울 왕국으로 떠나도 문제없겠는걸?

그때, 분홍 토끼가 나를 쿡 찔렀다. 자기도 겨울 옷을 입고 싶다면서!

나는 옷장에서 작은 스웨터를 꺼내 분홍 토끼에게 내밀었다. 그런데 토끼는 고개를 저으며 앞발로 다른 것을 가리켰다.

바로 눈송이 무늬로 수놓은 화려한 **은빛 재킷**이었다! 분홍 토끼는 나랑 같이 연극을 하거나 특별한 곳에 갈 때마다 눈부실 정도로 은색으로 번쩍거리는 재킷을 즐겨 입었다.

내가 옷장에서 재킷을 꺼내자마자 분홍 토끼는 잽싸게 은빛 재킷을 걸쳤다. 그리고 방 안을 깡충깡충 뛰고 빙글빙글 돌면서 거울 속의 자기 모습에 푹 빠져 버렸다.

한 시간 뒤, 내가 여행 가방을 질질 끌고서 계단을 내려오자 엄마가 물었다.

“준비 다 됐니? 혼자서 짐도 싸고 장하네, 이사도라! 목도리랑 장갑도 잊지 않고 챙긴 거지?”

나는 뿌듯한 마음으로 고개를 끄덕였다. 엄마는 미소를 지었다.

"잘했어! 분홍 토끼도 아주 멋지게 차려입었구나! 그 은빛 재킷은 별로 따뜻해 보이지 않지만, 너는 추위를 안 타니까 괜찮겠지."

나는 바삐 창가로 다가가 유리창에 코를 박고 바깥을 내다보았다. 크리스탈 이모와 렌 이모부가 요정 눈썰매를 타고 우리를 데리러 오기로 했기 때문이다. 어서 빨리 이모랑 이모부가 도착하면 좋겠다!

"네 아빠는 어딨니? **바톨로뮤!**"

"금방 갈게!"

위층에서 아빠의 먹먹한 목소리가 들렸다.

우리는 모두 현관에서 아빠를 기다렸다. 허니블로섬은 벌써 지루한지 엄마의 품속에서 꼼지락거렸다.

드디어 아빠가 계단 위층에서 나타났다.

아빠는 허둥대는 표정일 게 틀림없었다. 선글라스 때문에 잘 보이지는 않지만 말이다!

선글라스를 낀 얼굴 아래로 목도리를 세 장 매고, 털모자를 두 개 겹쳐서 쓰고, 망토도 다섯 벌이나 뚤뚤 두르고 있었다. 마지막으로 발에는 커다랗고, 까맣고, 북슬북슬한 부츠도 신었다.

"선글라스는 왜 썼어?"

엄마가 묻자, 아빠가 목도리 사이로 웅얼웅얼 대꾸했다.

"눈밭은 굉장히 환하잖아. 알다시피 나는 뱀파이어라서 빛에 아주 예민하다고."

아빠는 조심스럽게 주춤주춤 계단을 내려왔다.

"정말로 그렇게까지 많이 껴입고 갈 생각이야?"

엄마가 의아한 듯 물었지만, 아빠는 자신만만해 보였다.

"겨울 왕국은 엄청 춥잖아. 크리스탈네 집은 **아이스박스**나 다름없을 거고!"

엄마는 어깨를 으쓱이며 대답했다.

"마음대로 해!"

그때, 나는 신나서 폴짝폴짝 뛰며 외쳤다.

"눈썰매가 왔어요!"

집 앞으로 커다랗고 휘황찬란한 **눈썰매**가 도착했다. 눈썰매는 반짝반짝한 얼음 수정으로 빼곡히

장식되어 있었다. 앞에서 눈썰매를 끄는 북극곰 두 마리도 털이 눈꽃으로 빛났다. 하지만 뭐니 뭐니 해도 가장 눈에 띄는 건 눈썰매에 탄 크리스탈 이모와 렌 이모부였다.

"크리스탈 이모다!"

나는 소리치며 밖으로 뛰어나가 썰매에 폴짝 올라탔다. 크리스탈 이모를 꼭 껴안으니 온몸이 서늘

해졌다. 이모가 내 이마에 키스하자 머리카락 속으로 눈송이가 우수수 흩날리는 느낌이 들었다.

"이모, 데리러 와 주셔서 고마워요!"

크리스탈 이모가 내 인사에 즐겁게 답했다.

"고맙기는. 눈썰매로 하늘을 나는 건 언제든지 환영이야. 특히 동짓날에 타면 최고란다!"

"안녕, 크리스탈. 렌도 안녕."

아빠는 썰매로 뒤뚱뒤뚱 다가오며 인사했다.

"반가워, 바톨로뮤. 그나저나 세상에, 그렇게 많이 껴입으면 답답하지 않아?"

크리스탈 이모는 신기하다는 듯이 아빠를 위아래로 훑어보며 물었다.

"그럴 리가! 걱정은 고맙지만, 난 지금이 **딱** 안성맞춤이야."

아빠는 눈썰매 뒷좌석에 털썩 앉으며 자신만만하게 대답했다. 하지만 벌써 후덥지근한지 양쪽 볼이 발그레했다.

뒤이어 엄마도 허니블로섬을 품에 안고 눈썰매에 탔다. 그리고 가방에서 통을 하나 꺼냈다.

"여행을 함께할 간식거리를 준비했어!"

뚜껑을 열자, 그 안에는 코코넛 가루를 묻힌 동그란 아몬드 쿠키가 가득했다. 꼭 작은 눈덩이 같았다!

"먹고 싶으면 언제든지 말해!"

3

겨울 왕국으로 눈썰매를 타고 가는 여행길은 환상적이었다! 렌 이모부가 모는 썰매는 휙 날아서 어둑한 하늘로 높이높이 올라갔다. 구름이 가까워질수록 저 아래로 지붕과 길거리가 점점 작게 보였다.

마침내 썰매가 구름을 뚫고 그 위에 도착하자, 무척 하얗고 폭신폭신한 풍경이 펼쳐졌다. 내 뺨을

스치는 바람이 반짝반짝했다. 자세히 들여다보니 차가운 공기 중에 아주 작은 눈송이들이 소용돌이 치고 있었다.

저 아래 펼쳐진 구름은 흰 산골짜기, 얼음 폭포, 눈이 쌓인 지붕 모양이라 꼭 한겨울 풍경 같았다!

나는 크리스탈 이모와 렌 이모부 사이 앞자리에 앉았다. 엄마가 만든 아몬드 쿠키를 먹으며 느긋하게 쉬고 있는데, 쌩쌩 부는 찬바람 때문에 내 머리카락이 휘날리고 코끝이 시렸다.

"거의 다 왔어!"

크리스탈 이모가 고삐를 홱 당기자 눈썰매는 빠른 속도로 아래로 내려가기 시작했다. 이윽고 하얀 눈이 수북하게 쌓인 드넓은 전나무 숲이 모습을 드러냈다.

눈썰매는 숲 가장자리에 있는 집을 향해 달려갔다. 지붕에 덮인 눈과 처마에 맺힌 고드름이 설탕 장식처럼 보여서 꼭 자그마한 과자집 같았다.

눈썰매가 집 앞 정원에 미끄러지듯이 멈추고, 곧바로 모두가 눈밭으로 뛰어내렸다.

"혹시 지금 **눈사람** 만들어도 될까요?"

내가 한껏 기대를 품은 채 묻자, 크리스탈 이모는 미소를 지었다.

"물론이지. 눈꽃 축제는 한 시간 후에 갈 테니."

엄마가 나를 보고 말했다.

"나는 집 안에 들어가서 짐을 정리하려고. 대신 아빠랑 함께 놀고 있으렴."

"눈사람 정도야, 해 보지 뭐."

아빠는 양손에 입김을 호호 불며 말했다. 그리고 망토를 겹겹이 둘러 둔해진 몸으로 눈 위를 조심조심 걸었다.

나는 손으로 뭉친 눈덩이를 한데 모아 눈밭에 대고 굴렸다. 그러자 큼직한 공이 만들어졌다. 그 큰 공을 굴리고 또 굴렸더니, 점점 더 커다래졌다. 마침내 공은 내 키만큼 아주 거대해졌다!

"끙, 무거워."

나는 크디큰 눈덩이와 씨름했다.

"내가 도와주마."

아빠는 내 쪽으로 뒤뚱뒤뚱 다가왔다. 그런데 얼굴이 아주 새빨개지다 못해 그 위로 땀까지 쏟아지고 있었다.

"망토를 하나라도 벗는 게 좋지 않을까요?"

내가 넌지시 말했지만, 아빠는 털모자가 흔들릴 정도로 세차게 고개를 저었다.

"아니! 걱정은 고맙지만, 지금이 **딱** 안성맞춤이야."

아빠가 숨을 헉헉 몰아쉬며 눈덩이를 굴리기 시작했다.

우리는 함께 몸통과 머리로 쓸 작은 눈덩이도 두 개 더 만들었다. 그리고 눈사람의 얼굴과 팔이 될 조약돌과 나뭇가지도 찾아내었다.

"아빠는 털모자를 두 개나 썼으니까 하나 정도는 눈사람한테 양보해요. 또 목도리도 한 장 풀어서 눈사람에게 둘러 줘요! 그러면 멋있게 마무리될 거예요."

내가 설레는 목소리로 말했지만, 아빠는 목도리를 꼭 여미며 딱 잘라 거절했다.

"절대 안 돼! 난 여기서 하나라도 없으면 큰일 나! 겨울 왕국은 아주 춥다고!"

나는 아빠의 얼굴을 바라보았다. 두 뺨이 아빠가 아침마다 마시는 토마토 주스만큼이나 새빨갰다.

아빠와 함께 눈사람을 다 만들고 나자, 벌써 눈꽃 축제에 갈 시간이었다.

"축제는 눈썰매를 타고 가는 거지?"

아빠는 망토 소매로 이마에 맺힌 땀을 닦으며 물었다.

"눈꽃 축제는 숲속 한가운데에서 열려. 걸어갈 만한 거리야!"

크리스탈 이모의 대답에 아빠는 당황한 듯했다.

"걸어간다고? 하지만 눈밭에 발이 푹푹 빠지면 무지 힘들 텐데!"

"망토를 몇 벌만 벗어도 한결 걸음이 가벼워질 걸. 엄청 무거워 보이는데."

엄마가 그렇게 말했지만, 아빠는 콧대를 한껏 치켜들고 외쳤다.

"싫어!"

그러자 크리스탈 이모가 제안했다.

"그럼 날아갈까? 이참에 날개도 쭉 펴고!"

엄마는 고개를 끄덕였다.

"좋은 생각이야. 마침 허니블로섬도 나는 걸 배우고 있어서 연습할 기회가 되겠네."

나는 뱀파이어 요정 날개를 파닥거리며 모두와 함께 차가운 하늘로 날았다.

아빠만 빼고.

아빠는 우스꽝스럽게 폴짝폴짝 제자리에서 뛰기만 할 뿐, 올라올 기미가 보이지 않았다.

“바톨로뮤, 그 밑에서 뭐 하는 거야?”

엄마가 묻자, 아빠는 살짝 짜증이 섞인 목소리로 대답했다.

“나도 애쓰고 있어. 그런데 어째서인지 전혀 뜨질 않네. 세상에 나만큼 잘 날아다니는 뱀파이어가 없는데!”

“옷을 좀 벗어요, 아빠!”

하늘에서 내가 소리치자 엄마도 맞장구쳤다.

“저렇게 무거워서 어떻게 날아.”

그러자 아빠는 뾰난 표정이 되었다.

“싫어! 난 추운 게 질색이라고!”

엄마는 눈을 흘기며 대답했다.

“그럼 당신은 걸어오든가. 축제장에서 만나!”

“아빠, 이따 봐요.”

우리는 아빠를 내버려두고 숲을 향해 날기 시작했다. 하지만 난 계속 뒤를 흘끔흘끔 곁눈질하며 아빠를 살펴보았다. 눈밭에 혼자 오도카니 남겨진 아빠의 모습은 퍽 가엾었다.

그때, 아빠가 느닷없이 옷을 훽훽 벗어젖혔다. 그리고 눈 위로 보란 듯이 던지기 시작했다. 아빠가 벗은 옷가지가 마치 양파 껍질처럼 한 겹 한 겹 눈밭에 쌓였다.

이제 아빠 몸에는 망토 하나, 방울 털모자 하나, 목도리 하나만 남아 있었다.

이윽고 아빠는 공중으로 훽 솟아올라 단숨에 우리를 따라잡았다. **뱀파이어는 원래 아주 빠르게 날 수 있으니까!**

"몸이 아주 가뿐한걸!"

아빠는 신나게 함성을 질렀다.

"결국엔 이럴 줄 알았어."

엄마가 아빠에게 한마디 했다.

우리는 다 함께 전나무 숲 위를 날아 눈꽃 축제장으로 향했다. 해가 저물면서 하늘은 짙은 남색으로 물들고, 자그마한 별들이 총총 떠올랐다.

하늘에는 눈꽃 축제로 가는 다른 요정들도 날고 있었다! 몇몇 요정들은 저녁 어스름 속에서 은은하게 빛나는 초롱불을 들고 있었다.

잠시 후, 우리는 숲 한가운데에 자리한 널찍한

축제장에 도착했다. 맨 처음 눈에 띈 것은 달빛 아래에서 반짝거리는 커다란 **아이스 링크**였다.

알록달록한 전구로 장식한 가게마다 요정들이 설탕 열매, 폭신폭신한 분홍색 요정 솜사탕, 그리고 갖가지 동물을 본뜬 자그마한 목각 인형을 팔고 있었다. 여러 가지 구불구불한 놀이기구는 조명으로 번쩍댔다.

눈꽃 축제는 북적북적 활기찼다! 게다가 이토록 많은 요정을 한자리에서 보는 건 처음이었다.

살랑살랑 설레던 가슴이 이제는 쿵쿵 뛸 정도였다. 어디를 둘러봐도 환상적이었다. 진짜 멋진 축제야!

"따뜻한 **핫 초콜릿**이나 마실까?"

크리스탈 이모는 우리를 핫 초콜릿 가게로 데려다주었다. 분홍색과 금색 줄무늬 천막을 덮은 지붕이 돋보이는 곳이었다.

"여기 핫 초콜릿 가게는 없는 토핑이 없단다!"

"오, 마음에 드는데! 그럼 난 화이트 초콜릿으로 할래! 위에는 장미 꽃잎을 얹어 줘."

엄마가 잽싸게 대답하자, 렌 이모부도 메뉴를 골랐다.

"내 거에는 마시멜로 토핑을 부탁해."

"그럼 나는 **무지개 스프링클**을 뿌린 핫 초콜릿 마실래요! 또 **진저브레드 맨 쿠키**를 얹은 **휘핑크림**도 올려도 돼요?"

내 주문을 듣더니, 크리스탈 이모는 웃으며 고개를 끄덕였다.

"물론, 되고말고!"

"쿠! 쿠!"

허니블로섬이 옹알대자 엄마는 동생의 머리를 부드럽게 쓰다듬었다.

"착하지, 네 쿠키도 줄게!"

그때, 아빠도 슬쩍 끼어들었다.

“혹시 여기에 **빨갛고 매콤한** 핫 초콜릿은 없나?”

핫 초콜릿 가게 앞에 줄을 서는 동안, 나는 아이스 링크에서 노니는 요정들을 바라보았다.

링크 한가운데에는 마치 섬처럼 자그맣게 눈이

쌓여 있었다. 그 위로 우뚝 솟은 커다란 전나무 한 그루가 보였다. 전나무 가지마다 장식된 꼬마전구와 별이 무척 반짝반짝 아름다웠다.

그때, **한 요정이 은빛 머리카락을 휘날리며 스케이트를 타는 것**이 보였다. 무지무지 멋지다!

그 요정은 아이스 링크에서 쌩쌩 달리고, 빙글빙글 회전하고, 살랑살랑 빙판 언저리를 맴돌고, 팽이

처럼 휘리릭 공중으로 날아오르며 돌기도 했다.

은빛 요정이 어찌나 빠르게 아이스 링크를 누비던지 은색 눈덩이로 보일 정도였다. 또 요정이 지팡이를 휘두를 때마다 사르륵 흩뿌려지는 눈송이가 달빛을 받아 눈부시게 반짝였다.

"우아! 우리도 스케이트 타러 가면 안 돼요?"

내가 조르자 엄마가 대답했다.

“핫 초콜릿부터 마신 다음에 가자꾸나. 그런데 이사도라, 엄마가 아주 중요하게 할 말이 있어.”

엄마는 바닥에 무릎을 굽히더니, 나와 눈높이를 맞추고선 말했다.

“**오늘 밤에는 절대로 가족들 곁에서 떨어지면 안 돼.** 알았지? 여기는 무척 붐비니까, 길을 잃기 쉽거든.”

나는 고개를 끄덕였지만, 엄마의 말이 귀에 잘 들어오지 않았다. 아이스 링크에서 빙빙 춤추는 요정이 무척이나 아름다웠거든!

“역시 우리 딸이야. 고마워.”

엄마는 나를 향해 미소를 지으며 다시 일어섰다.

“핫 초콜릿을 기다리는 줄은 끝이 안 보이네. 그러면 먼저 스케이트를 타러 갈까? 그 뒤에 핫 초콜릿을 마시면서 따뜻하게 몸을 녹이면 어때?”

그 말에 아빠가 준비 운동으로 손깍지를 뻗으며 환호했다.

“오, 환영이야. 스케이트하면 바로 나지! 뱀파이어에게 걸맞는 아주 우아한 운동이니까!”

우리 가족은 자그마한 오두막 쪽으로 향했다. 오두막 앞 간판에는 ‘아이스 링크용 스케이트화 대여점’이라고 써 있었다.

5

"여기 뱀파이어한테 어울릴 **새까만** 스케이트화도 있나요?"

아빠가 대여점에 묻자 직원 요정이 고개를 저었다.

"죄송하지만, 하얀색밖에 없네요."

그런데 직원이 잠깐 한눈판 사이에, 엄마가 마법 지팡이를 살짝 흔들었다. 그러자 아빠의 스케이트화가 반질반질한 까만색으로 물들기 시작했다!

“돌려줄 때는 다시 하얗게 돌아올 거야.”

엄마가 소곤소곤 속삭이자, 아빠는 싱글벙글하며 까만 스케이트화의 끈을 묶었다.

나도 내 스케이트화를 신고 분홍 토끼의 앞발을 잡았다. 그리고 아이스 링크로 조심조심 다가갔다. 눈앞에 펼쳐진 빙판은 하늘에서 봤을 때보다 훨씬 넓디넓었다.

아이스 링크에 발을 디디려는 순간, 내 머릿속에 퍼뜩 좋은 생각이 떠올랐다. 넘어지려고 할 때

마다 날개로 날면 되겠다!

나는 한쪽 발을 링크 입구에 내디딘 다음, 다른 발도 얼음 위에 올렸다. 그리고 풍차처럼 팔을 휘젓자 어찌어찌 균형을 잡을 수 있었다. 빙판을 나아가면 나아갈수록 스케이트 실력이 느는 것 같았다.

어느새 나는 아빠와 나란히 링크를 누비고 있었다. 아빠는 까만 망토를 휘날리며 빙글빙글 돌고 휙휙 날아다니며 스케이트 솜씨를 뽐냈다.

"어머, 생각보다 신나네!"

엄마는 허니블로섬을 번쩍 들고 외치며 빙판을 빙그르르 돌았다.

"정말 재미있지?"

크리스탈 이모도 고개를 끄덕였다.

나는 주머니에서 마법 지팡이를 꺼내 공중에 휘저었다. 아까 은빛 요정이 했던 것처럼 눈부신 눈송이를 뿌리려고 했지만, 뜻대로 되지 않았다.

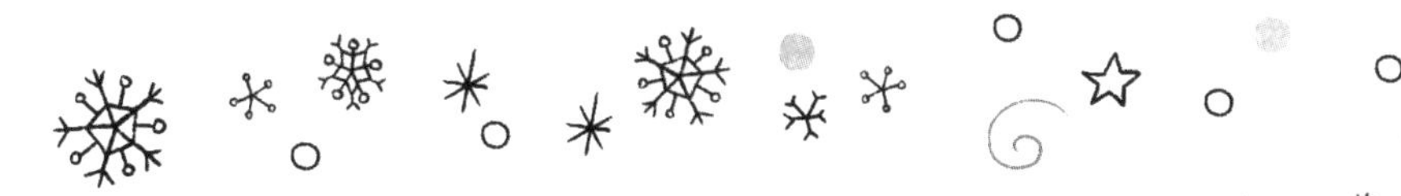

어떻게 하는지 방법을 엿보려고 두리번거렸지만, 그 요정은 어디론가 사라진 것 같았다.

"눈송이를 만들려면 **얼음 요정의 지팡이**가 필요하단다."

그걸 본 크리스탈 이모가 나에게 알려 주었다.

스케이트를 탈 만큼 탔더니, 어느새 아이스 링크가 무척 북적북적했다. 수많은 요정이 빙판 위를 미끄러지듯이 누비고 있었다.

우리는 링크를 나와서 스케이트화를 반납했다.

"어쩐지 좀 회색으로 변한 것 같은데요."

직원 요정이 아빠의 스케이트화를 의심스러운 눈초리로 쳐다봤지만, 아빠는 딱 잡아뗐었다.

"그럴 리가요! 눈이 침침하신가 보군요."

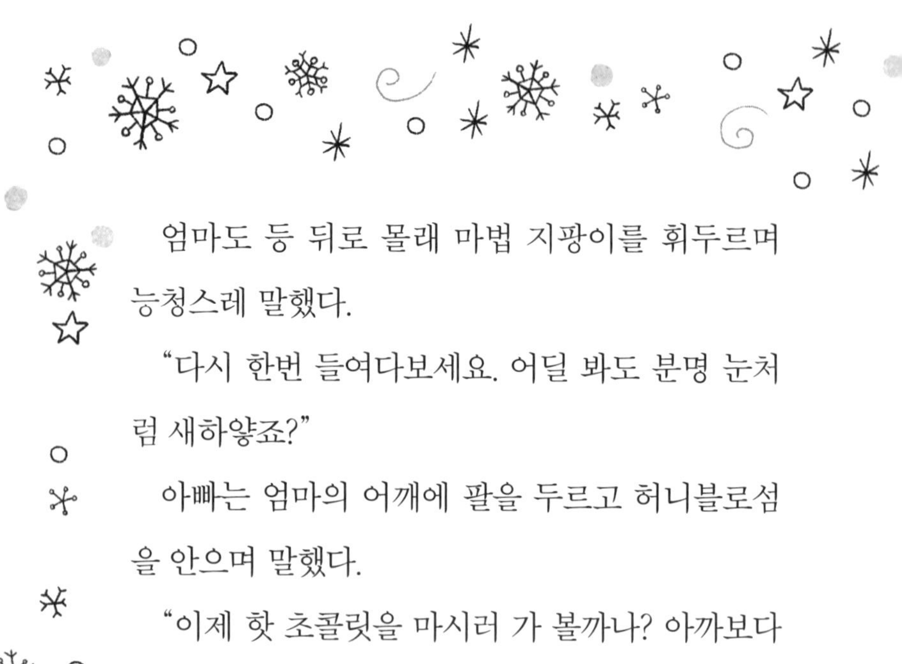

엄마도 등 뒤로 몰래 마법 지팡이를 휘두르며 능청스레 말했다.

"다시 한번 들여다보세요. 어딜 봐도 분명 눈처럼 새하얗죠?"

아빠는 엄마의 어깨에 팔을 두르고 허니블로섬을 안으며 말했다.

"이제 핫 초콜릿을 마시러 가 볼까나? 아까보다 줄이 훨씬 줄어들었어."

우리는 다 함께 핫 초콜릿 가게로 돌아갔다. 아

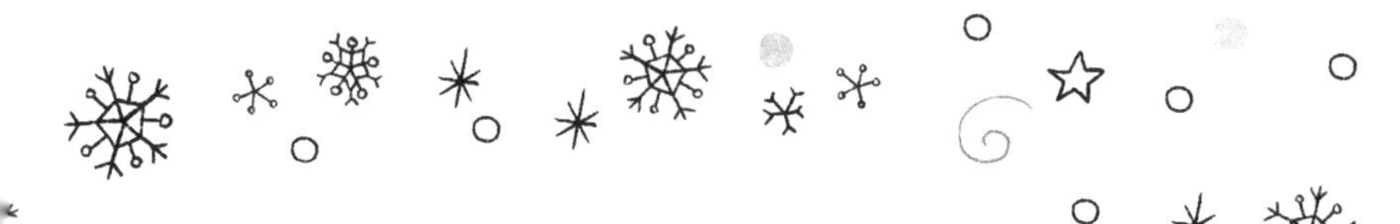

빠가 대표로 모두의 핫 초콜릿을 주문했다.

아이스 링크 저편에서는 합창단이 맑은 목소리로 요정 노래를 부르고 있었다. 그 광경에 나는 미소가 절로 지어졌다. 눈꽃 축제는 빠질 데 없이 환상적이야!

그때, 아까 스케이트를 타던 은빛 요정이 내 곁을 바삐 스쳐 지나갔다. 요정의 발자취마다 반짝이는 눈송이가 포르르 날렸다.

어쩐지 급해 보이는 발걸음이었다. 게다가 무척

걱정 가득한 얼굴을 하고 있었다.

나는 그 요정이 가게 사이를 이리저리 살피는 뒷모습을 계속 지켜보았다. 골목 사이사이에서 무언가를 찾는 것 같았다.

아까 핫 초콜릿 가게 옆을 지나갈 때 표정이 참 어두웠었지. 나는 서 있던 줄에서 잠시 빠져나와 은빛 요정의 치맛자락을 살며시 잡았다.

혹시 내가 도와줄 수 있지 않을까?

"무언가 찾고 있나요?"

내가 말을 걸자, 은빛 요정은 깜짝 놀라더니 나를 내려다보며 대답했다.

"어머! 어떻게 알았니? 아주 소중한 걸 잃어버렸어!"

요정은 걱정스러운 얼굴로 양손을 꼼지락대더니 말을 이었다.

"**내 별**이야! 요정 나라에는 매년 동짓날 밤 자정, 아이스 링크의 전나무 꼭대기에 별을 올리는 전통이 있거든. 올해는 내가 장식할 차례인데, 막상 제일 중요한 별을 못 찾겠어! 가방에서 떨어졌나 봐. 이제 난 어떡하지?"

"헉, 큰일이네요!"

나는 걱정스러운 목소리로 외쳤다.

저 아름답고 커다란 전나무 꼭대기에 별을 달 수 없다니! 그러면 너무 안타까울 거야.

불쌍하게도 은빛 요정은 무척 속상한 표정을 하고 있었다.

"내가 도울게요. 우리 둘이서 살펴보면 별을 더 잘 찾을 수 있을 거예요!"

그러자 분홍 토끼도 내 옆에서 폴짝폴짝 뛰면서 앞발을 공중에 흔들었다.

"아, 분홍 토끼도 함께해서 셋이 찾아요!"

내 말에 그제야 은빛 요정이 미소를 지었다.

"어머나, 나야 정말 고맙지! 참, 소개도 안 했네. **에스텔라**라고 해."

"내 이름은 **이사도라 문**이에요. 그리고 얘는 **분홍 토끼**랍니다."

나는 에스텔라가 내민 하얀 손을 잡고 악수했다.

"그럼 함께 별을 찾아보자!"

6

에스텔라와 나, 그리고 분홍 토끼는 다 함께 서둘러 별을 찾기 시작했다. 나는 북적대는 요정들 사이를 비집고 다니며 바닥을 샅샅이 살폈다. 혹시 에스텔라의 별이 떨어져 있을지도 모르니까.

길거리의 요정들도 하나하나 유심히 보았다. 혹시 누군가가 에스텔라의 별을 무심코 주워 갔을지도 모르잖아?

별무늬 코트와 목도리, 별 장식이 빼곡한 왕관, 그리고 별 모양 꼬마전구까지 모조리 살펴보았다. 하지만 어디에도 전나무 꼭대기에 어울릴 커다랗고 반짝반짝한 별은 없었다.

"가게마다 들러서 확인해 보자. 혹시 누군가가 내 별을 주워서 가게에 맡겼을지도 모르잖아."

우리는 자그마한 목각 인형이 가득한 가게로 갔다. 에스텔라가 가게 주인과 대화하는 동안, 나는 어느새 목각 인형을 구경하느라 정신이 팔리고 말았다. 모두 다 빠짐없이 정말 귀여웠다!

왕관을 쓴 생쥐 인형, 춤추는 다람쥐 인형, 뾰족뾰족 가시를 세운 고슴도치 인형, 함박웃음을 지은 도토리 인형까지 생김새가 전부 다양했다.

"말씀하신 별은 못 본 것 같군요. 그래도 계속 살펴보도록 하지요!"

주인 아저씨가 그렇게 답했다. 그런데 가판대 너

머에 있는 나와 분홍 토끼를 내려다보더니 안경 뒤의 눈을 환하게 빛냈다.

"세상에! **정말 사랑스러운 토끼야!** 얘를 모델로 조각을 깎아서 우리 가게에 전시하고 싶군그래. 혹시 토끼 군이 포즈를 취해 줄 수 있을까?"

분홍 토끼는 신나서 귀를 쫑긋거렸다. 주인 아저씨는 여기 있는 모든 목각 인형을 조각한 장인 요정 같았다.

"정말 죄송하지만, 토끼는 우리랑 함께 에스텔라의 별을 찾아야 해요! 별을 되찾은 다음에 생각해 봐도 될까요?"

내가 고개를 절레절레하자, 장인 아저씨는 살짝 풀이 죽었다. 하지만 금방 알겠다며 끄덕였다.

"어서 별을 찾길 바란다!"

아저씨는 다시 조각도를 들고 나무를 깎기 시작했다. 사방으로 톱밥이 훽훽 튀며 휘날렸다.

에스텔라와 나는 계속해서 다른 가게를 방문했다. 다음으로 도착한 곳은 포근한 요정용 모자를 파는 가게였다.

뾰족한 고깔모자, 방울 털모자, 예쁜 초롱꽃처럼 생긴 커다란 보라색 모자가 진열되어 있었다.

"우아!"

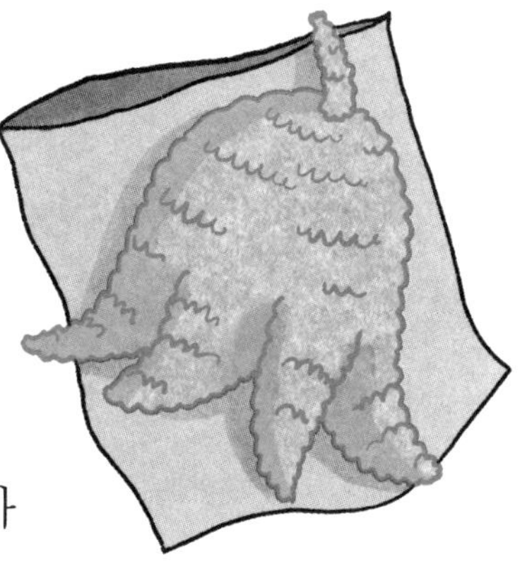

나는 잠시 넋을 잃고 한 모자를 빤히 바라보았다. 엄마가 크리스마스 선물로 저 **초롱꽃 모자**를 받으면 얼마나 기뻐할까?

나는 코트 주머니에서 지갑을 꺼내 용돈을 세어 보았다. 마침 저 모자를 살 수 있을 만큼 **딱** 맞게 돈이 들어 있었다!

나는 허둥지둥 모자 가게 주인에게 돈을 내밀고 초롱꽃 모자를 샀다. 주인은 모자를 줄무늬 쇼핑백에 넣어서 나에게 건네주었다.

에스텔라는 벌써 다음 가게에 가 있었다. 나도 쇼핑백을 받자마자 얼른 그쪽으로 달려갔다.

그곳은 다양한 **지팡이 사탕**을 파는 가게였다. 무지갯빛 지팡이 사탕, 빨간색과 하얀색 줄무늬 지팡이 사탕, 무지막지하게 큰 분홍색과 초록색 줄무늬 지팡이 사탕까지 온갖 크기의 알록달록한 지팡이 사탕들이 진열되어 있었다.

"안타깝지만, 여기서 그런 건 못 봤어요."

지팡이 사탕 가게 주인이 고개를 저었다.

가게에서 터덜터덜 나온 에스텔라가 중얼댔다.

"이럴 수가……. 아무래도 별을 **영영** 잃어버린 것 같아. 이제 시간도 별로 안 남았어!"

"분명히 어딘가에 있을 거예요!"

나는 그렇게 큰소리쳤지만, 눈으로는 방금 나온 지팡이 사탕 가게를 간절히 흘금거렸다. 사실 슬슬 배가 고팠기 때문이다. 이제껏 별을 사방팔방 찾아다녀서 지친 걸까?

그 순간, 갑자기 심장이 덜컥 내려앉아 발끝까지 떨어진 것만 같았다.

왜 이렇게 배고픈지 알았으니까!

무지개 스프링클을 뿌리고, 휘핑크림이랑 그 위에 진저브레드 맨 쿠키까지 올린 핫 초콜릿을 마시지 않았어!

엄마랑 아빠를 핫 초콜릿 가게 앞에 남기고 여기 와 버렸잖아! 말도 안 하고 모르는 사람을 따라왔어, **어떡해!**

엄마가 곁에 꼭 붙어 있으라고 단단히 일렀는데, 나는 **정반대**로 굴었어.

"이번에는 저 액세서리 가게에 가 보자."

나는 순간 겁에 질린 눈초리로 에스텔라를 올려다보았다. 이제 머릿속에 별을 찾아야 한다는 생각은 멀리멀리 떠난 지 오래였다.

"난 돌아가야겠어요! 엄마랑 아빠한테 어디 간다고 말하지도 않았어요. 지금 당장 핫 초콜릿 가게로 가야 해요!"

나는 에스텔라의 대답도 듣지 않고 요정들 사이로

뛰어들었다. 그리고 눈밭 위를 정신없이 달려갔다.

그러나 겨우겨우 도착한 핫 초콜릿 가게 앞에는 엄마도 아빠도 보이지 않았다! 나는 품에 안은 분홍 토끼의 앞발을 꼭 쥐었다. 가슴 속에서 심장이 쿵쿵 뛰어댔다.

다들 어디 있지?

주위를 두리번두리번 둘러보고, 아이스 링크도 간절히 살폈다. 다른 가게들 안도 뒤지고, 삼삼오

오 모여 다니는 요정들의 행복한 얼굴도 하나하나 올려다보았다.

그런데 엄마 아빠를 찾으려 하면 할수록, 모두의 얼굴이 흐릿하게 섞이면서 비슷하게 보였다.

이 수많은 요정 사이에서 어떻게 우리 가족을 찾아낸단 말이야?

나, 정말로 미아가 되어 버렸어!

7

"이사도라!"

어디선가 목소리가 들리더니, 에스텔라가 내 뒤로 급히 다가왔다.

"너 괜찮니?"

"엄마랑 아빠를 잃어버렸어요! 다들 온데간데없어요!"

내 목소리가 살짝 갈라졌다. 그러자 에스텔라는

내 어깨를 토닥이며 위로했다.

"걱정하지 마. 눈꽃 축제 어딘가에 계실 거야. 내가 같이 찾아 줄게."

"그럼, 에스텔라의 별은 어떡해요!"

내 말에 에스텔라가 대꾸했다.

"네 부모님을 찾는 게 더 중요해. 그리고 넌 나를 도와준 착한 아이잖니. 이제 내가 힘을 보태 줄게! 일단 여긴 요정이 너무 많으니까, 하늘 위로 날아갈까? 그러면 네 가족이 잘 보일 거야."

나는 그 위로에 안심해서 고개를 끄덕였다.

“멋진 생각이에요. 어쩌면 함께 에스텔라의 별도 발견할지 몰라요!”

에스텔라와 나는 함께 하늘로 날아올라 높은 곳에서 널찍한 축제장을 내려다보았다. 그리고 은은하게 반짝이는 아이스 링크 위를 맴돌았다. 아직도

링크는 요정들로 바글바글했다.

우리는 가게 위 줄무늬 천막들, 빙글빙글 도는 회전목마의 뾰족한 지붕, 그리고 축제장을 둘러싼 초록 전나무 꼭대기까지 올라가서 샅샅이 보았다. 나무 위에 쌓인 하얀 눈이 겨울밤 달빛을 받아 눈부시게 빛났다.

나는 눈을 가늘게 뜨고서 말했다.

"생각보다 어렵네요. 위에서는 다들 고만고만해 보여요. 게다가 사방에서 불빛이 너무 번쩍거려서 어지럽기까지 해요!"

"흠, 내 생각엔 이사도라의 가족은 통나무집 안에 있는 것 같아. 어디 식당이나 카페 같은 곳에 간 게 아닐까? 그러니 다시 내려가서 걸으며 찾아보도록 하자."

에스텔라의 말대로 우리는 다시 눈밭으로 내려갔다. 그리고 어느 카페 입구 쪽으로 향했다.

에스텔라가 열어준 문으로 들어간 가게 안은 무척 따스했다. 진열장에 쭉 늘어선 케이크와 빵을 보자, 내 배에서 **꼬르륵** 소리가 났다.

"이사도라, 여기에 네 가족이 있니?"

에스텔라가 물었지만 난 실망한 채 고개를 저었다.

"아니요……."

"그럼, 놀이기구 쪽을 찾아보자. 어쩌면 회전목마에 타고 있거나 커다란 과자집에 들어갔을 수도 있으니까."

에스텔라는 나를 카페에서 데리고 나와서 축제 한복판을 벗어났다. 축제장을 둘러싼 숲속에서는 놀이기구들이 화려한 조명으로 번쩍거렸다. 머리 위로 뻗은 전나무 가지마다 걸린 꼬마전구도 알록달록한 빛깔을 뽐내고 있었다.

나는 빙글빙글 도는 **회전 찻잔**을 바라보았다. 얼음을 깎아 만든 찻잔들은 달빛을 받아 눈부셨다. 거기에 탄 요정 아이들은 까르르 웃음을 터트리며 정신없이 돌고, 돌고, 또 돌고 있었다.

"여기에도 없어요."

다음으로 에스텔라가 나를 데려간 곳은 **과자집**이었다. 커다란 과자집은 큼지막한 젤리 쿠션과 쟁

반만 한 초콜릿 단추로 꾸며져 있었다. 그걸 구경하다 보니 입에 저절로 침이 고였다.

"여기도 아니에요."

나는 고개를 저으면서도 창문에 붙은 비스킷을 똑 떼어 먹으면 얼마나 맛있을까만 생각했다.

하지만 과자집 입구에는 **'절대 먹지 마시오'**라고 커다란 경고판이 붙어 있었다.

결국 내 두 눈에 눈물이 핑 돌고 말았다.

"도대체 엄마 아빠는 어디로 갔지? 눈꽃 축제는 왜 이렇게 큰 거고!"

분홍 토끼가 내 코트 밑자락을 잡아당겼지만, 난 그 손길을 무시했다. 물론 토끼는 힘을 보태고 싶은 마음에서 그랬을 거다.

하지만 얘가 날 어떻게 도와주겠어?

에스텔라는 허리를 굽혀 나를 안아 주었다.

"괜찮아. 꼭 다시 가족을 볼 수 있을 거야!"

나는 절망스러운 눈빛으로 와글와글한 축제장을 바라보았다. 요정이 많아도 너무 많아!

얼굴 위로 눈물이 주르륵 흘렀다. 나 진짜 힘들어. 너무 배고프고 목말라! 그러자 갑자기 머릿속에 무시무시한 생각이 스쳤다.

이대로 가족과 영영 헤어지면 어떡해?

어딜 봐도 요정들이 바글바글 몰려다녔다. 아이스 링크 주변은 아까보다 훨씬 붐비는 것 같았다.

그 순간, 종이 울렸다. 동시에 우리 주변의 모든 요정이 입을 모아 외치기 시작했다.

"십…… 구……."

나는 겁에 질린 채 에스텔라를 바라보았다.

지금 이게 무슨 일이지?

"**카운트다운**을 하는 것뿐이야. 이제 곧 동짓날 자정이거든."

에스텔라가 알려 주었다.

"팔…… 칠……."

나는 아이스 링크 한가운데 우뚝 솟은 커다란 전나무를 쳐다보며 소리쳤다.

"그럼, 에스텔라의 별은요? 아직 못 찾았는데!"

"상관없어. 네가 무사한 게 더 중요하잖니."

에스텔라는 슬픈 얼굴을 하고서도 나를 상냥하게 달랬다.

"육…… 오……."

나는 전나무를 우러러보았다. 카운트다운이 끝날 때까지 저 꼭대기에 아무것도 달지 못하면 무척 안타까울 테지.

에스텔라는 손꼽아 기다린 의식을 하지 못하고 그 대신 나를 안심시켜 주고 있었다. 나는 그게 너무나 속상했다.

"사…… 삼……."

나는 분홍 토끼의 앞발을 잡으려고 손을 내렸다. 토끼는 언제나 날 위로해 주었으니까.

"분홍 토끼야?"

아래를 내려다보았지만, 그곳에는 아무도 없었다.

"분홍 토끼야?!"

나는 심장이 입 밖으로 나올 것만 같았다.

"이……."

분홍 토끼가 어디 갔지?!

"읍!!!"

그 순간, 사방이 번쩍 밝아졌다. 전나무를 휘감은 꼬마전구들이 일제히 켜지는 동시에 밤하늘 높이 불꽃이 터졌다. 여전히 전나무 위에는 별이 없었다.

대신 다른 게 있었다.

그건 살아 있는 무언가였다.

8

“분홍 토끼야!”

나는 놀라서 숨을 헉 들이켰지만, 한편으로 퍽 안심했다.

나무 꼭대기에 서 있는 건 **바로 분홍 토끼였다!** 토끼는 아주 당황한 동시에 살짝 우쭐해 보였다.

애지중지하는 재킷을 입은 분홍 토끼는 눈부신 **은빛**으로 빛났다. 어떤 별보다도 반짝반짝했다!

토끼는 누군가를 찾겠다는 것마냥 저 아래 모인 요정들을 하나하나 살펴보고 있었다.

"분홍 토끼는 엄마 아빠를 찾아보려고 전나무 꼭대기에 올라간 게 분명해요! 아마 카운트다운을 할 줄은 전혀 몰랐을 거예요!"

나는 눈물을 글썽이는 동시에 웃음을 터트렸다.

아래에 모인 요정들은 환호성을 질렀다.

"정말 귀엽다!"

한 요정이 소리쳤다.

"올해는 독특하네! 별 대신 토끼라니!"

어떤 요정은 감탄하기까지 했다.

이윽고 분홍 토끼가 앞발을 흔들며 어딘가를 가리켰다. 나는 곧장 그쪽으로 날아올랐다.

엄마랑 아빠가 저기 있어! 크리스탈 이모랑 렌 이모부, 그리고 허니블로섬도 보여!

가족들은 다 함께 아이스 링크 한편에 서서 분홍 토끼를 향해 두 팔을 휘젓고 있었다.

"보세요! 토끼가 엄마 아빠를 찾았어요!"

나는 에스텔라에게 외쳤다. 마음속에서 안도감이 퐁퐁 솟아올랐다.

에스텔라와 나는 손을 맞잡고 가족들이 있는 곳으로 날아갔다.

"이사도라! 대체 지금까지 어디 있었니?!"

엄마가 소리치자 아빠도 덩달아 야단했다.

"우리가 얼마나 걱정했는지 아니? 널 찾으려고 사방팔방 돌아다녔어!"

"엄마 곁에 꼭 붙어 있겠다고 약속했잖니."

엄마는 약간 화가 난 얼굴로 꾸짖었다. 두 뺨은 분홍색으로 물들어 있었다.

나는 눈을 내리깔고 말했다.

"죄송해요. 일부러 그런 건 아니었어요. 새로 사

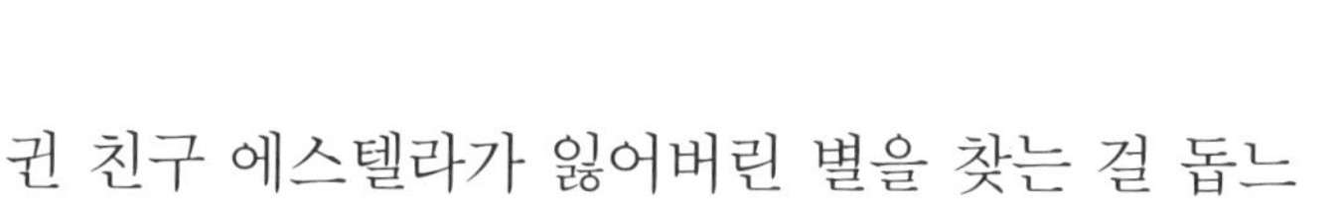

권 친구 에스텔라가 잃어버린 별을 찾는 걸 돕느라 마음이 들떴었어요."

"잃어버린 별이라니?"

아빠는 밤하늘을 빤히 올려다보며 물었다. 뱀파이어인 아빠는 별을 관찰하는 게 취미이다.

"저 높은 전나무 꼭대기에 달아야 하는 별이 있거든요. 커다랗고 반짝반짝한 별인데, 어디론가 사라졌대요."

"엇."

갑자기 아빠가 외마디 소리를 뱉더니, **어딘가 찔리는 구석**이 있는 듯한 표정을 지었다.

"음, 그렇다고 해서 마음대로 혼자 가족 곁을 떠나도 되는 건 아니야. 반드시 우리에게 어디 가는지 말해야 한단다, 이사도라."

엄마가 나를 타일렀다.

"알겠어요."

나는 속상한 마음에 눈밭 위로 발을 질질 끌었다. 부모님이 이렇게까지 걱정하고 있을 줄은 정말 몰랐다.

그런데 갑자기 학교 현장 학습으로 **발레 공연**을 보러 간 기억이 떠올랐다. 그때 난 공연장에서 분홍 토끼를 잃어버렸었다. 얼마나 섬뜩했던지!

"정말로 죄송해요."

나는 이번엔 진심을 담아 사과했다.

"괜찮단다. 어쨌든 널 무사히 찾았잖니. 이제 마음 푹 놓고 남은 축제의 밤을 만끽하자꾸나!"

크리스탈 이모도 엄마의 말에 고개를 끄덕였다.

"놀거리는 차고 넘치지. 우리 아직 회전목마도 안 탔잖아!"

"에헴."

아빠가 대뜸 헛기침했다. 아까부터 아빠는 **수상쩍게** 꼼지락거리고 있었다. 그러다 망토 안에서

무언가를 꺼내서 불쑥 치켜들었다.

커다랗고 반짝반짝한 것이었다.

모두가 놀란 나머지 숨을 헉 들이켰다.

"내 별이야!"

에스텔라가 외쳤다.

"아빠가 이걸 내내 갖고 있었던 거예요?"

내가 묻자, 아빠는 멋쩍게 대답했다.

"뭐, 나도 우연히 나무 밑에 떨어져 있던 걸 주운 거야. 내 탑 서재에 전시하면 멋질 것 같아서. 그런데…… 내가 가져가면 안 되는 거였군. 서재 책장에 딱 어울릴 텐데 아쉽네!"

아빠가 별을 내밀자, 에스텔라는 활짝 웃으며 받았다.

"고마워요! 정말 고마워요!"

9

아빠가 어깨를 으쓱였다. 별을 돌려주어야 해서 좀 실망한 것처럼 보였다.

"괜히 저 때문에 고생하셨네요. 미안합니다."

아빠는 에스텔라에게 웅얼웅얼 사과했다.

"괜찮아요, 아빠!"

나는 아빠의 팔을 토닥였다. 이번 아빠 크리스마스 선물은 반짝반짝한 별 장식으로 해야지!

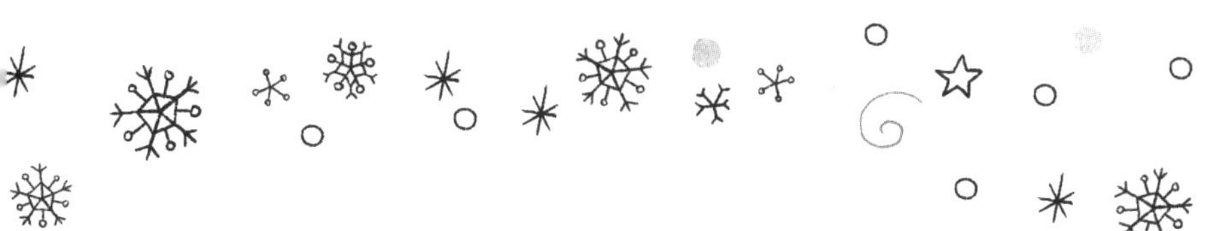

다 함께 약속이라도 한 듯이 전나무로 시선을 돌렸다. 분홍 토끼는 아직도 나무 꼭대기에 있었다.

이제 내가 가족을 만난 걸 알아챈 토끼는 포즈를 취하기 시작했다. 관심을 한 몸에 받은 게 즐거운지 앞발을 쭉 뻗고 뒷발로는 까치발을 들고 있었다. 하지만 분홍 토끼가 점점 긴장하고 있다는 것을 멀리서도 알 수 있었다.

"분홍 토끼가 지쳐 보이는데."

엄마가 말하자 아빠도 고개를 끄덕였다.

"벌써 잘 시간인데 계속 깨어 있었으니까."

그러자 에스텔라가 제안했다.

"그럼, 제가 저 위로 올라가서 꼭대기에 토끼 대신 별을 달게요. 보시다시피 이제 제가 별도 되찾았으니까요!"

아빠는 못마땅한 듯 나지막이 혼잣말했다.

"별을 찾은 건 나라고."

"내가 분홍 토끼를 무사히 내려 줄게."

크리스탈 이모가 그렇게 말하고 마법 지팡이를 흔들었다. 그러자 지팡이 끝에서 반짝이는 눈꽃이 쏟아지더니 전나무 꼭대기로 넘실넘실 날아갔다. 밤하늘을 가로지르는 눈꽃들이 꼭 반짝이는 은빛 무지개 같았다.

"분홍 토끼야, 눈꽃 요정 마법으로 다리를 만들었어. 그걸 타고 내려오렴!"

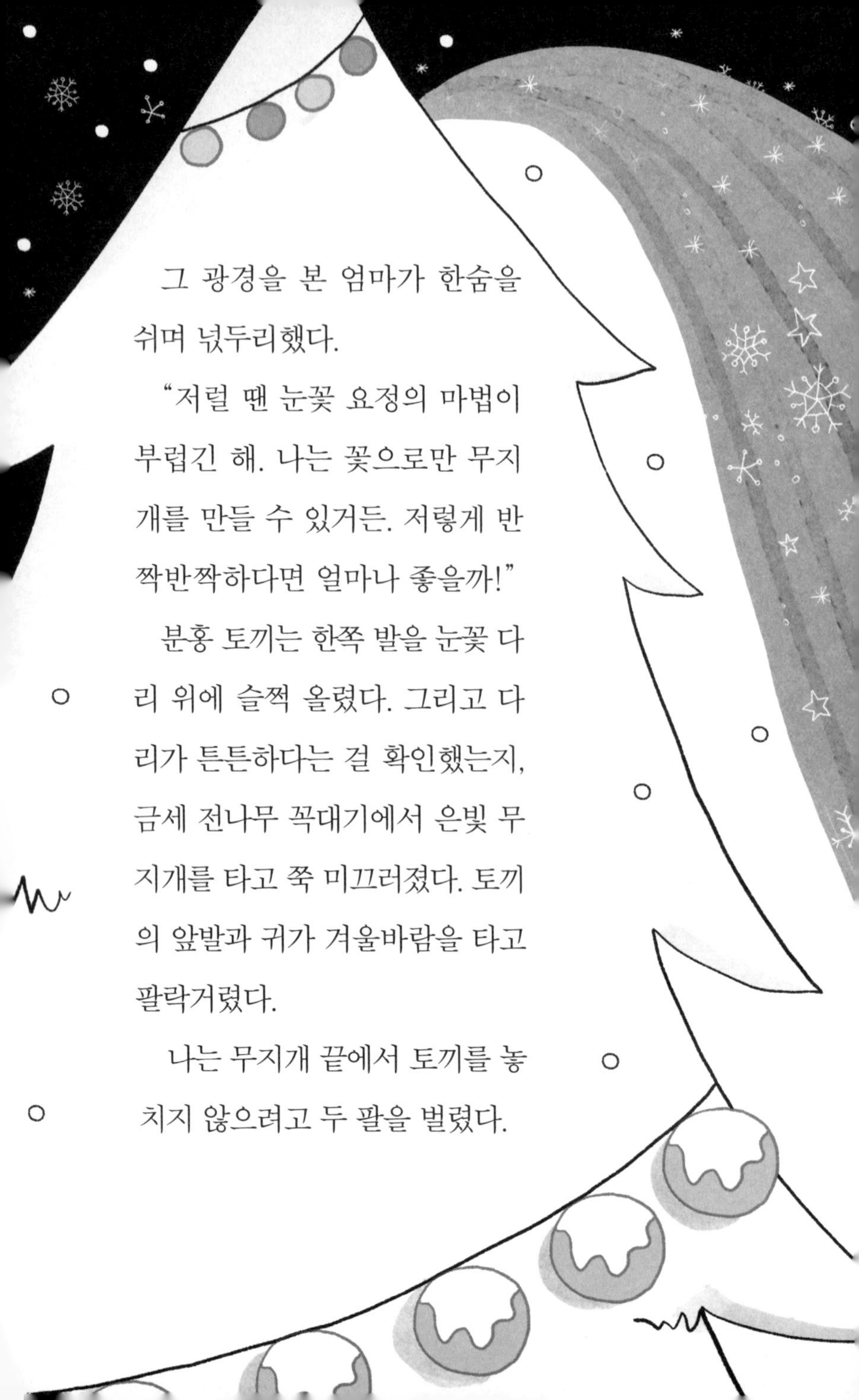

그 광경을 본 엄마가 한숨을 쉬며 넋두리했다.

"저럴 땐 눈꽃 요정의 마법이 부럽긴 해. 나는 꽃으로만 무지개를 만들 수 있거든. 저렇게 반짝반짝하다면 얼마나 좋을까!"

분홍 토끼는 한쪽 발을 눈꽃 다리 위에 슬쩍 올렸다. 그리고 다리가 튼튼하다는 걸 확인했는지, 금세 전나무 꼭대기에서 은빛 무지개를 타고 쭉 미끄러졌다. 토끼의 앞발과 귀가 겨울바람을 타고 팔락거렸다.

나는 무지개 끝에서 토끼를 놓치지 않으려고 두 팔을 벌렸다.

"너 진짜 나무 꼭대기에서 빛나더라!"
나는 품에 뛰어든 분홍 토끼를 꼭 껴안았다.

"동감일세. 분홍 토끼밖에 안 보이더군. 덕분에 내 **창작 의욕**도 불타올랐어!"

누군가가 등 뒤에서 외쳤다. 고개를 돌리니, 아까 목각 인형 가게에서 만난 장인 아저씨가 어느 틈에 나타나 있었다.

아저씨는 손에 무언가를 소중히 들고 있었다. 바로 **전나무 꼭대기에 자그마한 분홍 토끼가 서 있는 멋진 나무 조각상**이었다.

"너에게 주마!"

장인 아저씨가 분홍 토끼에게 조각상을 내밀었다.

분홍 토끼는 앞발을 모아 공손히 조각상을 받았다. 토끼의 까만 단추 눈이 기쁨으로 빛났다.

"이렇게 감사할 수가! 하지만 그냥 받기는 힘들군요!"

아빠가 나서서 돈을 건넸지만, 장인 아저씨는 손사래를 쳤다.

"괜찮습니다. 이건 내가 선물하는 거니까요."

그러자 엄마도 거들었다.

"정 그러시다면, 답례로 핫 초콜릿을 한 잔 대접할게요! 안 그래도 저희도 딸을 찾느라 정신이 없어서 아직 마시지 못했거든요."

그 말에 나는 다시 부끄러워져서 시선을 푹 떨구었다.

하지만 금세 고개를 들고 환하게 웃었다.

드디어 핫 초콜릿을 마시러 가니까!

10

드디어 에스텔라가 밤하늘로 날아올라 전나무 꼭대기에 별을 장식했다.

의식을 마치고 우리는 다 함께 핫 초콜릿 가게로 향했다. 분홍 토끼는 의기양양하게 자기 나무 조각상을 안고 갔다.

아빠가 모두의 핫 초콜릿을 주문해 주었다. 나는 아까보다 훨씬 많은 토핑을 골랐다! 무지개 스프링클뿐만 아니라 마시멜로, 초콜릿 파우더까지 더했다. 물론 산더미처럼 쌓은 휘핑크림과 그 위에 얹은 진저브레드 맨 쿠키도 잊지 않았다.

아빠는 어느새 텅 빈 내 잔을 보고 말했다.

"아니, 그걸 다 해치웠구나! 그럼 이사도라, 치즈 토스트도 먹을까? 옆 가게에서 팔던데."

"응, 좋아요!"

나는 힘차게 대답했다.

우리 가족은 새로운 친구 에스텔라와 함께 숲속 자그마한 탁자에 옹기종기 둘러앉아 토스트를 먹었다. 반짝이는 조명 아래에서 웃고 떠드는 시간이 무척 아늑하고 오붓했다.

그런데 내 눈꺼풀이 무겁게 감겨 오기 시작했다.

"슬슬 크리스탈 이모네로 돌아가야겠다."

엄마의 말에 나는 힘겹게 눈을 뜨고 고개를 흔들었다.

"엥, 정말요? 좀 더 있다 가면 안 돼요?"

"그럼, 놀이기구 **하나만** 더 탈까?"

크리스탈 이모가 살며시 말했다.

"아니면 아이스 링크에서 **조금** 더 스케이트를 즐기는 건?"

아빠가 기대에 부푼 목소리로 물었다.

"가게들을 **살짝** 더 훑어보면 어때? 아직 제대로 구경 못 한 데가 많아!"

렌 이모부까지 거들자, 엄마는 웃음을 터트렸다.

"내 생각엔 그걸 다 하려면 밤을 새워도 부족하겠는걸?"

결국, 우리가 크리스탈 이모네 집으로 돌아간 건 새벽녘이 다 되어서였다. 그런데 아직도 하늘은 캄캄하고 별들이 총총 흩뿌려져 있었다.

"역시 동짓날이야. 정말 긴긴밤이군!"

아빠가 눈밭에 던진 옷가지들을 주우며 말했다.

"그래서 낮이 가장 짧기도 하지!"

엄마도 고개를 끄덕이며 말했다.

아빠는 낮에 나랑 함께 만든 눈사람의 머리 위에 방울 털모자를 씌웠다. 그리고 목에는 목도리를 둘둘 감아 주더니 뿌듯한 목소리로 외쳤다.

"이러니 한결 멋지구나!"

우리는 눈길을 자박자박 밟아서 크리스탈 이모네 집 현관문에 도착했다. 나는 걷는 와중에도 너무 졸려서 눈조차 제대로 뜰 수 없었다.

겨우겨우 안에 들어갔을 때는 이미 기진맥진한 상태였다. 그래서 아빠가 나를 안아서 위층으로 데려다주었다.

나는 드디어 침대에 누워서, 눈송이 무늬 이불

속을 꾸물꾸물 파고들었다. 그리고 그 안에서 분홍 토끼를 꼭 껴안았다. 토끼는 이미 꿈나라로 떠난 지 오래였다.

엄마가 마법 지팡이를 휘둘러서 이불이 따스해지는 주문을 걸었다. 크리스탈 이모네 집은 좀 추울 테니까!

"오늘 밤은 진짜로 꿈만 같았어요! 난 눈꽃 축제가 정말 좋아요!"

내가 잠결에 웅얼거리자, 엄마는 미소를 지었다.

"엄마도!"

"이모도!"

크리스탈 이모가 엄마 말에 맞장구치더니, 나에게 눈꽃 뽀뽀를 한껏 퍼부어 주었다.

잠시 후, 나는 깊은 잠에 빠져들었다. 반짝이는 별, 줄무늬 지팡이 사탕, 휘날리는 눈송이, 그리고 설탕이 소복하게 쌓인 과자집까지……. 꿈속에서도 눈꽃 축제를 만끽했다.

내년 눈꽃 축제도 또 갈래!

★ 다른 그림 찾기 ★

★ 아래 그림은 이사도라 문과 가족들이 북극곰이 끄는 눈썰매를 타는 모습이에요. 오른쪽 그림과 잘 비교해 보면, 서로 다른 부분이 **열 군데** 있답니다. 함께 찾아볼까요?

정답은 120쪽에 있어요!

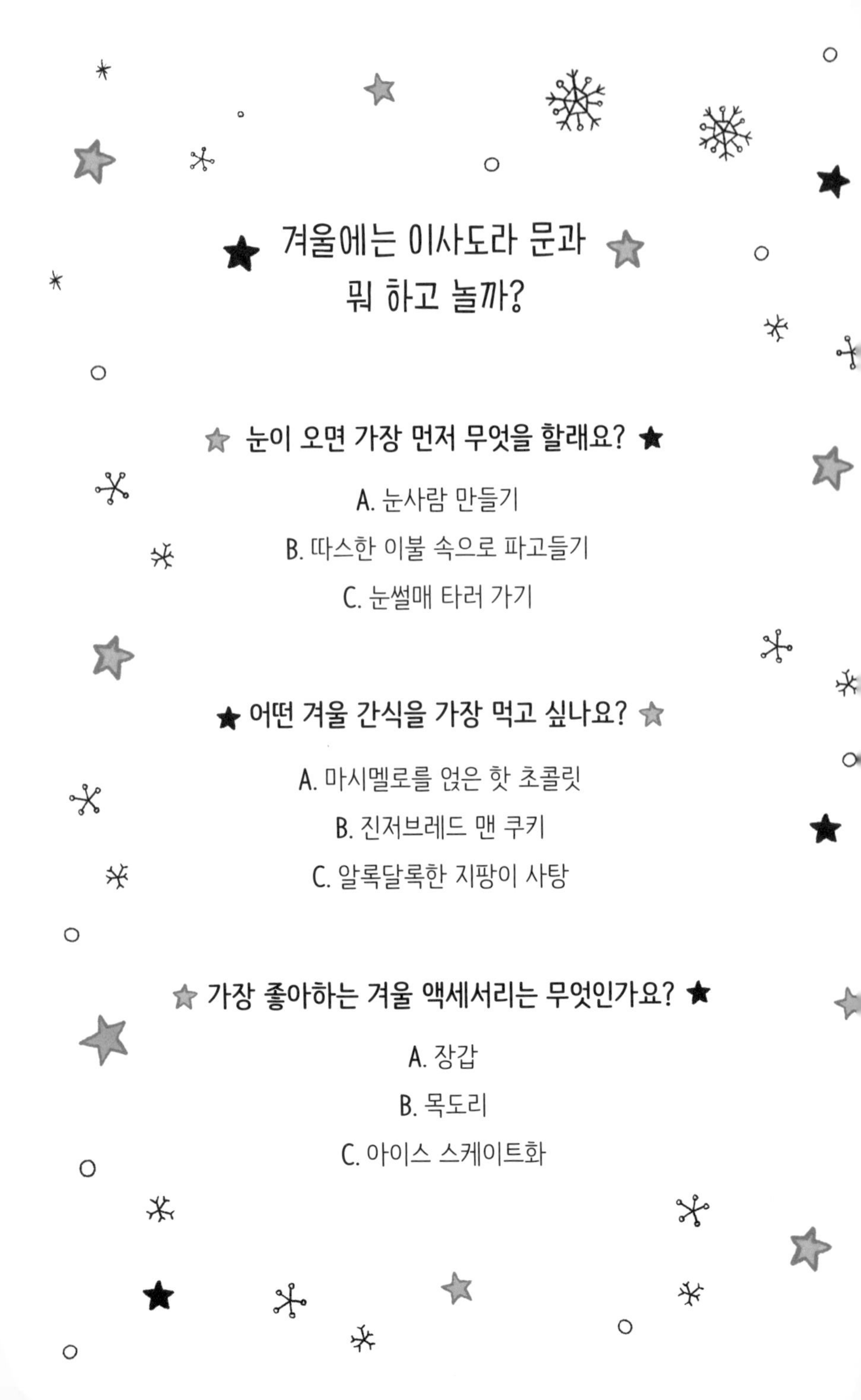

겨울에는 이사도라 문과 뭐 하고 놀까?

눈이 오면 가장 먼저 무엇을 할래요?

A. 눈사람 만들기

B. 따스한 이불 속으로 파고들기

C. 눈썰매 타러 가기

어떤 겨울 간식을 가장 먹고 싶나요?

A. 마시멜로를 얹은 핫 초콜릿

B. 진저브레드 맨 쿠키

C. 알록달록한 지팡이 사탕

가장 좋아하는 겨울 액세서리는 무엇인가요?

A. 장갑

B. 목도리

C. 아이스 스케이트화

나의 결과는?

(책 위아래를 뒤집어 읽어 보세요!)

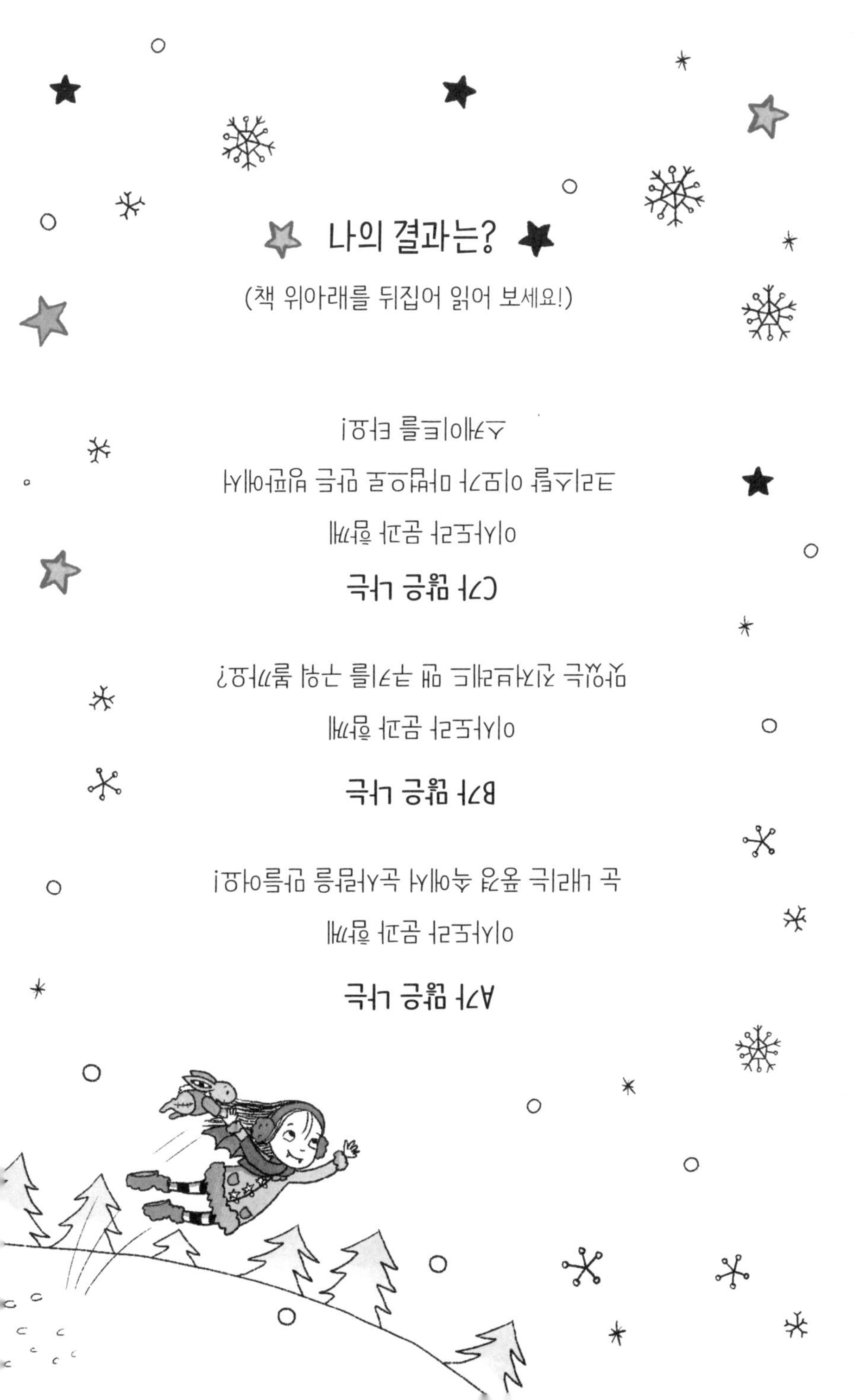

A가 많은 나는

이사도라 문과 함께

눈 내리는 풍경 속에서 눈사람을 만들어요!

B가 많은 나는

이사도라 문과 함께

맛있는 진저브레드 맨 쿠키를 구워 볼까요?

C가 많은 나는

이사도라 문과 함께

크리스탈 이모가 마법으로 만든 빙판에서

스케이트를 타요!

★ 정답 ★

해리엇 먼캐스터

해리엇 먼캐스터가 누구냐고? 바로 나야! 나는《이사도라 문》,《마녀 요정 미라벨》,《프린세스 에메랄드》 이야기를 쓰고 그림을 그렸어.
그래, 내가 이 책의 진짜 작가라고! 나는 자그맣고 귀여운 거랑 별 모양이랑 반짝이는 거는 뭐든지 다 좋아해.
《이사도라 문》 이야기에 대한 소식이 궁금하다면 인스타그램 @isadoramoon을 방문해 봐!

심연희

이 책을 읽을 수 있다면, 내가 우리말로 옮긴 책을 읽고 있는 거야! 나 같은 사람을 번역가라고 하지!
나는 재미있는 이야기랑 예쁘게 만든 책이랑 까르르 웃는 아이들을 좋아해.